MARIKA PINCIN

RAGGI DI SOLE POETICI

Pace

Una pace melodiosa

Che trascina il mio essere

In una atmosfera di meditazione

Una serenità incantata

Dove il cuore evolve nell'assoluto

Una dolcezza estrema

In questo mio tempo ordinario

Dove la vita scorre nel fiume fatato

Di questo pianeta

Una pace assoluta

Dove niente cerco e la mia libertà cresce in ogni momento

Sono semplici salti evolutivi dove l'IO supremo si erge nel

mare di questa società

Una pace del cuore

Tra le stelle della notte

E i raggi solari del giorno

In cui le emozioni semplici sono tra le più belle in questa strana
vita

Una pace assordante

Mentre tutto scorre come al rallentatore

Dove sembra tutto fermarsi

Ma l'ego dell'uomo è incrollabile

Dove si crede che tutto sia possibile

A discapito di ogni essere vivente

Una supremazia malata che trasforma l'anima nella dannazione
eterna

Una pace fasulla regna in questa era

Tra pianti di alberi e acque contaminate

Da ogni cosa

Veleni e sostanze ovunque dove l'occhio si perde

Come il cuore di questi strani esseri che credono di comandare

e plasmare il pianeta

Senza rendersi conto che si stanno autodistruggendo da soli

E la vita in questa terra continuerà senza di loro….

Universo

Sono energie che si espandono

Colori ed emozioni

Che racchiudono il tesoro dell'anima

Essenza universale

Che ognuno possiede ma non sa di averle

Universo

Incontri cosmici di ogni sensazione che si muove all'interno di

noi

E con benevolenza ci fa proseguire in questa magia di esistenza

Sono energie universali

Che l'amore si fa portavoce del cuore

E nei portali che si aprono

Sono energie di questa madre terra

Che troppe volte viene esclusa da i pensieri di questo strano

abitante che la maltratta senza pudore

Universo che ascolta e comprende ogni nostro silenzio

E che ci indica la via

Che con amore ci mostra cosa siamo e perché viviamo

Perché alla fine noi stessi siamo l'universo che ci rende unici in

questo nostro modo di amare e di essere noi stessi...

Aura

Colori ed energie

Universo di emozioni e consapevolezza

Spazio infinito di anima e luce

Colori ed energie

Che appartengono al nostro essere

Uno stato evoluto e incentrato di noi stessi

Tutto muta

Tutto cambia come lo spazio che ci sovrasta

Amore e luce

Arcobaleni di pace interiore che nelle ere si attraversano

Colori ed energie

Che si uniscono tutto attorno a noi

Uno stato profondo di illuminazione

Quando ogni cosa si lascia andare e ci si perdona

Senza rabbia e inutili pesi

L'esistenza è qui ed ora non nel passato

Né nel futuro

Siamo esseri immortali

Di colori ed energie che insieme espandono l'amore in tutte le

sue forme per evolverci sempre di più

Libertà

Momenti perduti,

Si rincorrono nei meandri della mente

Ricordi di viaggi e di persone incontrate

Sensazioni estreme che dentro vivono

Un sapore di essere libera

Di vivere dove ognuno era ricco per quello che era

Momenti perduti

Si ergono nel cuore

Sogno di libertà ora da conquistare

Senza lasciarci convincere da una paura inutile

L'amore in ogni senso

Smuove ogni cosa

Non è la frustrazione o la rabbia

Ma consapevolezza e saggezza di esistere

In una fiamma di luce che nell'anima splende

Momenti perduti,

si rincorrono nei meandri della mente

un soffio di vita

che ha sapore della libertà assoluta

senza effimere costrizioni che della falsità hanno le basi

coraggio e intraprendenza

senza lasciarsi intimidire dal niente e da questo finto terrore

che ormai ha preso il sopravvento

momenti perduti

che nel cuore restano

e nella memoria delle libere genti

che ora più che mai conoscono il vero significato

di essere uomini liberi di cuore e di anima infiammata…

Magie

Sono magie incastonate

Nelle profondità della terra

Prisma di luce e sensibilità

Sono incantesimi di fuoco e acqua

Colori universali che imprimono

Nell'anima saggezza e cura

Sono magie cristalline

Diademi di fate e elfi

Custodite per molte ere ataviche

Attraverso sentieri che solo loro conoscono

Sono magie che raccontano

E trasformano il cuore in un viaggio nel profondo mistero della vita

Sono magie ancestrali che volano

Nei decenni e stagioni

E che portano musica e sapienza

Gemme uniche che imprimono

confortando l'anima

Sono messaggeri di luce

E amore universale

Sono magie della terra

Che recano un motivo

Un qualcosa di prezioso che viene alla luce

Per dare una conoscenza al cuore e all'essere

Di chi crede in loro e nel loro magico potere

Curativo e armonioso per l'anima e per la vita stessa…

Luce

Essere di luce,

che vola al di sopra del cielo

Essere di sole,

che si libra nello spazio di questa anima

solitario e diamantino

splendente in questa era isolata

Essere di luce,

che trasforma e incontra lo spirito più profondo

Essere di luce,

che viaggia tra le stelle di una terra sconosciuta

Pace e armonia si fondono

In dolci note e suoni

E ogni cosa si placa

Essere di luce,

che evolve e diventa tutt'uno

uno splendido prisma sciamanico

dove le forze della natura si esprimono con potenza

Essere di luce,

il mio cuore e la mia anima

che conosce e viaggia al di sopra della terra

e la mia infinita evoluzione non si ferma,

ma continua a studiare per evolvere nei piani astrali più alti che
possano esistere

Essere di luce,

sono io e quella meravigliosa essenza di spiritualità che
indosso….

Viaggio

Un semplice viaggio,

occhi chiusi e portali della mente aperti

Un magico viaggio,

in compagnia di un cavallo e di un lupo

che mi hanno fatto sentire libera e piena di luce,

coraggio e intraprendenza

lungo pianure incontaminate

Un semplice viaggio sciamanico,

che porta oltre gli emisferi sconosciuti

Canti e parole

Che trasportano l'essere in dimensioni magiche

Conoscenza dell'anima nella più pura evoluzione

Un semplice viaggio,

tra mente e cuore

dove ogni cosa terrena è lontana

sospesa in uno spazio che non è di facile interpretazione

Un semplice viaggio,

dove ogni colore dell'aura si accentua

e lascia una scia d'amore e perdono sul magico tramonto

che costella la fine del viaggio tra le galassie dell'essere

lucente

Cristalli

Cristalli di luce,

in un'anima che intona un canto

Cristalli d'amore

Che portano colori e una pace assoluta

Sono dimensioni lontane

Che sorvolano questa terra

Incontri magici e spiragli di luce

Che inondano la via che attraversi

Cristalli di luce,

che splendono nel cuore

voci di perdono e assoluta serenità

sono incantesimi sciamanici

che potenti viaggiano nell'anima

Cristalli d'amore

Che illuminano ogni cosa

E la mente si apre nell'immensità

Dove puoi incontrare nuovi amici

Che con il cuore attraversano gli spazi dentro di te

Sono cristalli di stelle

In questo nuovo universo

Dove i pianeti si fondono in un'altra evoluzione

Più grande dell'anima stessa….

Esperienze

Esperienze di luce,

mondi di pace interiore

e nuove più alte conoscenze

Esperienze druidiche,

dove lo spirito si innalza

e incontra il vero Io

Esperienze dei quattro elementi

Dove tutto nasce da una goccia di eternità

Anima immortale

Che si apre ed evolve sotto un nuovo cielo

Esperienze di luce

Dove canti e suoni si trasformano

In una dolcezza infinta

E i messaggi sono chiari e splendenti nel cuore che batte

Esperienze uniche

Sempre diverse

Che fanno crescere la tua essenza nel mondo interiore e
spirituale

Esperienze di luce,

che lasciano dentro una luce che sa di un amore infinito

e incantato

Essenza

Una essenza dell'anima

un miracolo di esistenza

che entra in spazi infiniti

Una essenza di colori,

dove mistero e natura si concentra

sono energie che attraversano l'essere

portando la magia di viaggi ancestrali

dove il tutto si unisce e fortifica

Una essenza di galassia interiore,

terzo occhio si apre

e pianure e vallate si possono osservare

in diversi cieli d'amore

Una essenza dell'anima,

che sorvola spazi infiniti e entra in contatto

con la parte superiore

Una essenza d'amore,

che ha voci e canti differenti

ma è tutto l'universo che sospira e sussurra

Una essenza magica,

che apre le porte al mondo spirituale

che circonda ogni essere e con ogni essere

è unito…

Argento

Scorre argento elfico nelle tue vene,

Lucente e incantato

Scorre argento

Nella tua anima dolcissima

Un volo di falco

Che nel cuore porta la libertà in tutto quello che fai

Scorre argento vivo,

Dentro te

Un essere splendente

Che viaggia tra le ere dimenticate nel tempo

E in questa società malata

Scorre argento,

In quello che sei

Intelligenza mista a carisma

Scorre argento lunare,

Nel tuo essere speciale

Dove ogni cosa è ferma e statica

Dove l'uomo ha dimenticato sé stesso

In guerre e devastazioni

Scorre argento elfico,

Nelle tue vene

Dove i quattro elementi si uniscono

Un nome,

Un'anima celtica

Scorre argento vivo

Dentro di te

E la tua lucentezza si può osservare

In ogni tuo piccolo gesto

Colline

Sono colline verdeggianti,

Mentre cammino in questa strada

Pensieri di alberi abbattuti

Urla silenziose arrivano dentro l'anima

Sono gocce di pioggia

Che scendono dal cielo

Portando le lacrime delle fate nel cuore

Per queste foreste

Che brulicano di vita

Sono colline bellissime,

Che osservo con l'anima innamorata

Un'esistenza passata

Un cuore che batte per la cattiveria e falsità

Sono come nuvole che coprono il sole

Ma in tutto questo

Il tuo pensiero persiste

Un amore che evolve

Si ingrandisce ed esplode in due occhi

Unici e meravigliosi

Che parlano da soli

Una voce Angelica che ancora ascolto dentro

Saggezza della natura il tuo essere

Sono colline stupende e silenziose,

Che raccontano la tua essenza

Ricchezza di un'anima incontaminata

Viaggio astrale di pura bellezza

Sono colline che sussurrano,

La storia del tuo essere che antico viaggia

Tra il passato e questo strano e malato presente….

Sfere di ghiaccio

Piccole sfere

Dal cielo cadono

Fragore e frastuono

Nella loro pericolosa caduta

Distruggono ogni cosa

Sfere di ghiaccio

Che lasciano segni su ogni piccola pianta

Che provocano immensi danni

Per chi con la natura e i suoi tempi lavora

Sfere di ghiaccio

Ho visto oggi

Nelle foglie e in quei grappoli d'oro

Lavoro di un anno

Sacrifici dell'uomo che con il suo grande impegno

Viene massacrato nel modo peggiore

Sfere di ghiaccio

Che impoveriscono ogni piccola pianta

Che forano i ramoscelli ancora giovani

E rompono con solchi foglie bellissime

Che ora cambiano colore

Sfere di ghiaccio

Restano pure nella memoria

E creano dispiacere all'anima

Di chi coltiva con passione e amore la terra

In cui crede magicamente…

Rimani

Rimani in silenzio

In questo tempo odierno

Dove le energie universali si intensificano

Rimani in silenzio

In questa primavera appena accennata

E i quattro elementi di uniscono nella mia anima celtica

Rimani in silenzio

Nella tempesta di questo mio cuore ancestrale

Dove tutto si concentra

Ricordi ed emozioni

Sensazioni e amore

Rimani in silenzio

Nelle onde dell'Oceano

Che smuovono il mio Io profondo

Mentre tutto attorno

Urla e grida

Ma ogni mio pensiero resta fisso in te

Uomo che porti il sole nei tuoi occhi

E Raggi poetici nel tuo essere

Rimani in silenzio

Nel tutt'uno di questo infinito viaggio nell'esistenza...

Musica latina

Musica latina

Che travolge ed esprime passione ed amore

Musica latina

In questa notte magica piena di stelle che brillano nel
firmamento

E ballando qualunque pensiero scompare

Si allontana dall'anima e dal cuore

Musica latina

Che travolge ed emoziona

Che trasporta e rende ogni cosa semplice

Una leggera aura avvolge tutto attorno e dentro di me

Musica latina

Che fa danzare e conoscere che porta quiete e felicità

Finalmente raggiunta

Un amore per me stessa ora

Senza più pensarti

Senza più concentrarmi su di te

Ma su tutto quello che questa notte porta con sé

Musica latina

Che fa scordare

Ogni dettaglio di te e che mi rende libera di nuovo su quello che sono io e che la musica latina esprime nella mio essere meraviglioso....

Un nuovo inizio

Un sentiero si apre

Davanti allo sguardo dell'anima

Un nuovo inizio

Nulla si è perso in questa esistenza

Tutto è un insegnamento

Ora mi fermo

Respiro profondamente

Mentre lascio che dolore e amore si uniscano

Per farmi vivere nelle emozioni

Un raggio di sole mi illumina

Mentre il cuore scopre

Un nuovo inizio

Dove niente è smarrito

Pensieri e ricordi

Sono solo una stanza

Che sto lentamente chiudendo

Per fare posto

Spazio

A ciò che sono

A dove sto andando

Ogni amore incompreso

Ogni amore a senso unico

Lascia quello che trova

Cioè me stessa

È solo un modo per prepararmi ad un nuovo inizio

E ad un nuovo amore che corrisposto mi attende e mi troverà pronta in questo nuovo inizio in questa magica e fatata vita nell'amore universale...

Un profilo

Un profilo

Una energia che illumina

Colori dell'universo in un unica persona

È un aura magica la tua

Un profilo

Compare improvviso da dietro ad una finestra di un bar

Sguardo attento

Una volta di mistero

Nella caotica via che intreccia

Auto moto e trattori

È solo un profilo

Che magicamente compare

E il mio cuore fa un balzo

Mi chiedo dove andrà

E se mai risponderà

Ma so già che non può essere

Amore a senso unico il mio

Forse perché sono sbagliata io

Perché amo e perché provo un emozione enorme

Forse sono io che parlo alle stelle

E credo nelle fate

Alla fine è solo un profilo di un uomo unico e speciale

Aura accesa e incantata

Ed io di questo profilo ne sono innamorata anche se alla
fine un velato dolore appanna il mio sguardo...

Un punto di luce

Un punto di luce

Che splende nell'emisfero

Incastonato tra valli e vigneti

Un punto di luce

Diadema che illumina con umiltà e storia

È pazienza e conoscenza

Un punto di luce

Impregnato di saggezza

E amore infinito per il territorio

Un punto di luce

Mentre la primavera prende colore e forza

E lentamente le viti rinascono

È solo un punto di luce

In questi miei ricordi

Che hanno il sapore del dolce rosé e che rimane

immenso tra queste colline e immutata valle storica

Un punto di luce

Che rimane un epicentro di magia e forza nella cultura e

conoscenza vinicola un suo meraviglioso pregio...

Sono grappoli dorati

Forbici che tagliano

In un infinito universo diversificato

Di persone e mondi

Che per un attimo si incrociano

Sono grappoli dorati,

Che sanno di passione di una vita

Crescono con il sole

E con la pioggia che cade

Respirano di aria nuova

Sono grappoli dorati,

Che conoscono e portano la loro aroma

Un lontano emisfero

Che con il cielo azzurro

Viaggia lontano nei sapori della terra

Una natura che esplode

Con coraggio e pazienza

Sono grappoli dorati,

In un esplosione d'amore per la terra

In cui vengono custoditi

Gemme d'oro,

Che con dolcezza vengono curate da mani sapienti

Sono grappoli dorati,

Che cambiano con il luogo

Diversi ma unici in ogni chicco

Dove le persone si uniscono e portano un po' del loro mondo

Sono grappoli dorati,

Che riempiono di oro e di sole

La vita di chi ama questa terra meravigliosa

Sono grappoli dorati,

Che vivono nell'anima di chi coltiva e di con pazienza, con

queste lame vengono dolcemente tagliati....

Esistono diverse realtà

Una concezione dell'esistenza più elevata

Esistono diverse emozioni

Che colorano l'anima

Un viaggio trascendentale che inizia da te stesso

Passando per lune

Spiriti guida e animali totemici

Esistono diverse realtà

Che l'occhio può distinguere e osservare

Colori di una natura cristallina

Con pietre magiche che aiutano l'energia interiore

Esistono diverse realtà

Che nel cuore si mescolano e si unificano

L'amore che evolve e tutto muta

Lasciando da parte oscurità e dolore

Presa di coraggio musicale

Che inizia con un mistico spazio

Dove mente e cuore danzano nell'oceano interiore

Esistono diverse realtà

Dove ogni sensazione ha tonalità della natura che ti circonda

E il rispetto di te stesso si amplifica

Esistono diverse realtà

Un incantata immersione tra sole e stelle che implodono dentro
la tua anima pura

Lasciando le tonalità più vive di questa esistenza in ciò che tu
sci ora

E in ciò che te puoi essere in un dolce e colorato futuro...

Poesia nuova

La vita

Dove si miscelano esperienze di diverse emozioni

La vita che si apre incondizionatamente

Camminare sotto un cielo di diversi colori

Sentire il vento che accarezza la pelle

La vita scorre inesorabile

Mentre il sole compie il suo arco e ogni cosa splende

La vita che colpisce come pugno allo stomaco

Mettendo di fronte situazioni negative

Dove tutto sembra senza senso

E un vuoto attanaglia l'anima

La vita che sorprende come un temporale improvviso

E dove ogni cosa prende un nuovo significato

Un battito di cuore

Una lacrima scivola lenta

La vita

Che comunque riprende però lasciando la sua impronta di un passato remoto

Porte che devono essere chiuse

Per lasciare che l'amore assoluto possa entrare

Pace con sé stessi e le proprie esperienze

Solo così la vita può illuminare il nostro io profondo e regalare tutte le emozioni colorate che la vita stessa ci può donare...

Campi di vigneto

Si attraversano con il sole che nasce

Baciati dai raggi di sole

Che cominciano a rinascere con la primavera

Campi di vigneto

Adornati di rami che ascoltano il vento

Che sussurra di dolci estati e di uva matura

Campi di vigneto

Amore infinito di questa terra

Che conquistano con la loro forza e sincerità

Sono cuore e passione

Lavoro e sacrifici

Campi di vigneto che si attraversano con

Il tramonto e possono raccontare a chi conosce

La loro musica della natura

Segreti custoditi dai rami e foglie

Che nell'assoluto silenzio si fanno reali

In mezzo a prati e cielo eterno….

Un'esplosione

Un'esplosione di emozioni

Vibra dentro

Una dolce sensazione

In questa vita pulsante,

Un'esplosione d'amore

In questa stagione

Dove il cuore batte forte,

Pochi secondi sono bastati,

Ed una felicità mi ha portato sopra le nuvole,

Un'esplosione di emozioni,

Viaggiano nell'anima

Mentre ascolto ancora quella voce

Che manda a pezzi la ragione,

Dove non riesco più a parlare

E di tutto quello che vorrei dire,

Rimane solo il battito del cuore

Un'esplosione di magiche emozioni,

Dove si incontrano sensazioni diverse

In cui il mio essere vola oltre ogni arcobaleno

E il tuo incanto,

Un fuoco che alimenta

La mia voglia di vivere al di là di questo universo….

Parole

Parole d'amore escono dall'anima,

Sensibilità estrema

Dove ogni suono ti descrive

Parole che si uniscono e formano frasi,

Poesie di un cuore

In una strana giornata senza sole

Sono parole semplici,

Che ti raccontano

In questo sentiero tra gli alberi

Nascosto da sguardi indiscreti

Sono fuori che nascono,

In quest'anima

Petali colorati che portano il profumo

Un'eleganza e raffinatezza

Sono parole,

Che dal cuore esplodono

Colorano la vita

Sono parole che giocano con le canzoni,

Che sono una parte di te

In questa vita

Dove sei il fulcro di ogni piccola cosa

Che ho dentro e vibra sempre più forte….

Tante cose

Tante cose si raccontano,

Si esprimono con parole che nascono dentro

Tante cose evolvono,

Un misto di sensazioni ed emozioni

Tante cose succedono,

In bene o in male

Sono un mare in tempesta

Che portano il cuore in alto dove

La tua assenza di ascolta nel silenzio

Sono passi muti in questa via

Dove le montagne raccontano

Quello che sei

Tante cose si presentano,

Sono vivi da decidere e portano conseguenze

Tante cose,

Sono dentro l'anima

Dove il tuo nome viene portato dal vento

Tante cose,

Una voce che ancora ascolto dentro

Che scivola e vola nella mia essenza

Tante cose,

Sei te

In questa mia esistenza

Tante cose,

Ma nulla può essere descritto perché

Te sei l'incanto di tante cose unite assieme….

Vola

Si vola con la musica nel cuore

Un battito d'ali

Che vibra e porta oltre le nubi

Si vola con l'anima leggera,

Dove le emozioni si uniscono

E le parole prendono potere

Si vola verso un sole nascente,

Che tutto colora e scalda con i suoi raggi

Si vola in uno sguardo,

Dove tutto si esprime e fortifica

Si vola in questo sentimento,

Che innalza il cuore

E porta emozioni verso l'oceano

Si vola in un amore,

Che non trova spiegazioni

Dove la ragione cessa di esserci

Per dare vita ai sogni

Si vola verso,

I tuoi orizzonti dove con poco

La pace si ritrova

Si vola in quel tempo,

Che esiste con te e dentro te…

Una galassia

Ci sono diversi tipi di galassie,

Ma quella che è dentro il tuo sguardo

Vedi le stelle

E i pianeti viaggiano dentro l'anima

Ci sono galassie,

Che vibrano dentro

Colori e incantato che muovono il cuore

Che inondano di luce ogni cosa

E splendono nell'essere

Riempiono di spazio magico

Ogni cielo che ho dentro

Ci sono galassie,

Che non si possono raccontare

Ma che io provo dentro

Un fantastico momento

Dove si trova il senso di una vita intera

Ci sono galassie infinite

Dentro l'essere che con eleganza

Mi porta in alto

Ci sono galassie misteriose,

Che in te vivono e respirano

Sono antiche e parlano di come eri

Ci sono galassie che possono esultare,

Che con poco ti rendono ancora più speciale

Di ciò che sei…

Gocce di rugiada

Gocce di rugiada d'argento,

Che si asciugano velocemente

Appaiono per poco e scompaiono con il sole

Gocce di rugiada d'argento,

Che appari e scompari in un attimo

Nella luce del sole

Portando con te i raggi della luna

E la magia dell'esistenza

Goccia di rugiada d'argento,

Che evolve nei colori dell'arcobaleno

In questo strano sentiero

Dove la tua magia si sente ancora

Un principio d'incanto

Che esplode dentro

Mentre tutto nel silenzio si intensifica

Una stagione che

Entra con prepotenza nel cuore

E che lascia l'armonia di ciò che sei

Goccia di rugiada d'argento,

Che osservo allontanarsi dalla via

Con il mistero che ti avvolge

E nel cuore lasci

La vibrazione di un fuoco ardente

Goccia di rugiada d'argento,

Che scivoli dentro

Freschezza del sentimento

E brezza notturna

Goccia di rugiada d'argento,

Che nel cuore lasci la tua scia

Che parla di amore assoluto

Una verità

Una verità,

Di un cuore che esprime

Dolcezza e serenità dell'anima

Dove si intersecano

Gioie e lacrime di sale

Una verità,

Che si esprime in ogni poro della pelle

Dove la tua voce

Rende tutto più vivo

Una verità,

Che dolcemente vola nel cielo

Di un amore

Che nato tanto tempo fa

È una luce d'argento che brilla

Di luce propria

Una verità,

Che con il sole anche se coperto di nuvole

Splende con tutta la sua potenza

Di quest'amore

Una verità,

Che si espande come uno spazio

E trova la sua ragione nel tuo nome

Sussurrato nel vento tra le colline attorno

Una verità,

Portata dalla tua presenza

Anche come meteora che in fretta scompare

Ma lascia ogni cosa lucente dentro

Una verità,

Di un cuore innamorato

Che batte per quella sincerità

Che alla fine è solo amore vero

Per te

Un incontro

Un incontro casuale,

Che ha sapore di un amore sublime

Incontro di due stelle

Che parlano di pace e serenità

Un momento unico e irripetibile,

Dove la tua dolcezza

Si intensifica

Un incontro casuale,

Dove un raggio di luce entra nel cuore

Per restare e brillare

Anche se le stagioni scivolano

Sulla pelle degli anni

Un incontro casuale,

Di arcobaleni e laghi incantati

Dove l'armonia della musica

Si ascolta nella tua voce

Un incontro casuale,

Dove la vita trova la sua destinazione fin

ale

In questo viaggio verso te

Sono sogni

Sono sogni che di notte raccontano,

Vivono nel mio assoluto

Sono sogni che sanno di magia,

Fate della notte che cantano la tua magia

Sono sogni di baci,

Rubati ad un cielo fatto di sentimento

Sono sogni d'amore,

Che sorvolano l'anima per portarti

Dentro la mia sfera emozionale

Sono sogni,

Di ascoltare una voce

Che sa di conoscenza e intelligenza

Sono sogni,

Che imprimono nella mente

Ciò che te sei

Al di là delle silenziose stelle

Sono sogni,

Che viaggiano dove sei te

Sono unicorni che galoppano nel tuo cielo

Interiore

Sono sogni,

Che raccontano di questo sentimento

Con le ere che passano

Con le stagioni che si sommano

Nulla è immutato anzi

È in continua evoluzione

Perché alla fine te resti il sogno

Più reale che esista

Un nome

Un nome echeggia nel vento,

Ascolto il dolce canto delle montagne

Un nome,

Che concentra ogni cosa preziosa

Un nome,

Custode del tempo e delle ere passate

Un nome,

Che gli alberi chiamano

Fronde dove gli uccelli trovano riparo

E il sole riscalda questo bosco

Un nome

Che elfico viaggia nel silenzio dei quattro elementi

Un nome,

Prezioso come una gemma

Incastonata tra le fate e i doni della terra

Un nome,

Che porta la primavera

I fiori che nascono dal tuo passaggio

E il sole timido si nasconde

Con te e il suo calore nella tua anima

Un nome,

Che ha in sé il fuoco sacro

Delle ere che attraversano il tempo

Un nome,

Che viene dolcemente cullato dal

Mio cuore innamorato…

Oceano

Oceano d'amore,

Scorre nelle vene

Mentre le nuvole corrono nel cielo

Minacciando pioggia incantata

Oceano di sensazioni,

Ricordando quegli occhi

Che hanno il potere di un arcobaleno fatato

Oceano di fuoco,

Nella tua anima che respira in questi giorni

E attraverso te

Comunica ogni piccola cosa

Oceano di purezza,

Il tuo cuore

Mentre batte in questa strana stagione

Oceano di sensazioni,

Le mie

Per un piccolo momento

Un prezioso attimo che uguali non ha

Un oceano,

Che si espande nel cuore

Per quello che sei

In questo contesto

Dove la natura sussurra le tue gesta

Ed io resto in silenzio

Osservando e sentendo questo oceano

Parlare di te….

Destino

Un segno del destino,

Amore e sincerità che nascono dentro

Un segno che esisti,

Dentro di me da quando t'ho incontrato

La tua essenza,

Maturata nel corso degli anni

Un destino nel cuore,

Mentre ti penso costantemente

Giri di vita,

Che portano lontano

Esperienze diverse che insegnano

Ma alla fine tutto ritorna

Torna da dove è iniziato

Un destino un amore,

Che vola sopra ogni cosa detta o fatta

Un segno del destino,

Che ha lasciato la sua impronta

Tanti anni fa

Un segno del destino,

E che ancora persiste

Un segno del destino,

Averti incontrato in quel contesto

E che comunque ancora esisti

Un segno del destino,

Sei e sempre sarai…

Fiore

Un fiore sboccia nel sentiero,

Fatto di stelle e luna d'argento

Cresce con la pioggia

Che lentamente scende dal cielo

In questo mio cammino solitario

Un fiore,

Che oltrepassa gli anni

E vive nelle stagioni invernali

Petali di luce

Si accendono ad uno sguardo

Sono dolci fate,

Che cantano una storia

Lontana,

Atavica

Che racconta della tua anima

E di quella essenza magica che ti investe

Un fiore,

Che travolge il mio cuore

Con colori e sintonie

Che dolcissima dicono di te

E di quel mistero che ti avvolge

Un fiore che vive,

Nel mio arcobaleno

Dove unicorni e pegasi

Rendono il tuo incanto ancora più

Meraviglioso e danno vita a questo sogno

D'amore che sei nella mia piccola realtà…

In linea

Sono parole in linea che si uniscono,

Urlo straziante di questo pianeta

Una libertà dell'uomo

Che ancora lontano dalla comprensione

Sono valori in linea,

Con l'anima fatata

Inquinamento dell'essere

Verso poteri occulti

Dove ogni cosa è messa in secondo piano

Sono sentimenti in linea,

Con il sole nascente

Un Alba che con il sangue

Viene immolata in un altare malato

Sono emozioni in linea,

Con la pioggia che cade dal cielo

Un qualcosa di grande

Che in linea con il cielo

Dove ogni cosa parla e racconta

Sono dolci sensazioni in linea,

Con la mia anima

Dove nuvole scorrono veloci

Portando la tua evoluzione

È un pianeta che cerca di essere in linea,

Con un uomo che ha perso sé stesso

Ma in te si ritrova

È un amore in linea,

Dove il cuore batte per ogni tuo

Piccolo gesto….

Celtica

Se si ascoltano le fate,

Possono raccontare

Sentono le anime della natura

Che cercano di spiegare

Di un albero che cresce e non vuole essere

Abbattuto

Di plastica gettata nei sentieri dei boschi

Dove soffoca fiori che cercano di portare la vita

Se si ascolta il canto fatato,

Nell'anima

Ogni melodia può essere sentita veramente

Giochi di luce,

Che accompagnano l'esistenza

Se si riesce a percepire,

Le emozioni che le colline possono dare

Un sentiero di pace e serenità

Dove oceani immensi d'amore

Si scontrano e portano verso l'alto

Se si riesce ad ascoltare quello che le fate dicono,

Nella tua magia ogni cosa viene spiegata

Portatore di luce splendente

Dove il sole è la tua energia

Se si riesce ad ascoltare tutto quello che hai dentro

Il pianeta avrebbe un senso in più per

Cercare di cambiare l'ottusità dell'uomo.

Potere

C'è un potere che supera ogni cosa,

Ogni barriera

Ogni costrizione

C'è un potere che lotta a discapito di tutto

Un potere grande

Che si ribella e urla nelle lacrime

Esiste un potere,

Che spezza le catene di ogni sorta

Di chi crede di possedere

C'è un potere che vibra,

E lo senti pulsare

Mentre il tuo nome viene gridato al cielo

A quelle stelle che sembrano silenziose

Ma capiscono tutto

Esiste un potere,

Che brucia e arde l'anima

Che porta in alto le emozioni di ogni sorta

Esiste un potere,

Che nasce dentro

Come un'onda oceanica e travolge

Tutto

C'è un potere,

Che racchiude la potenza del vento

E per esso

Lotti per conquistarlo

Anche se sembra impossibile

Esistenza un potere,

Che la tua essenza piega ogni cosa

Esiste un potere,

Come l'amore vero che imprime all'esistenza

Il significato più profondo in questa era perduta

Il significato più profondo in questa era perduta

C'è un silenzio

C'è un silenzio quasi assordante,

Un misto di emozioni e sensazioni

Che scorrono dentro l'anima,

C'è un silenzio che copre tutto,

In un sentiero antico

Dove i fiori nascono e gli alberi cantano tra loro,

C'è un silenzio atavico,

Dove gli animali indicano la via dell'anima,

Un passo verso il cielo

In questo silenzio assordante,

Un piccolo sguardo,

Dove un fiume scorre lento

E la terra respira,

C'è un silenzio assordante,

Attorno a me dove le nuvole si rincorrono

E il vento porta il profumo del sole,

C'è un silenzio antico

Tra i miei piccoli pensieri,

Dove la tua presenza è incastonata,

Un gioiello che splende nell'anima,

Dove la tua luce porta pace dentro il mio essere,

C'è un silenzio misterioso,

Dove il tuo ricordo,

Viaggia nel mio emisfero con la melodia

Di questa natura incontaminata

Giochi

Giochi di luce,

Illuminano l'anima

Potenza del cielo e del fuoco

Giochi di luce,

In un prisma colorato

Dove la dolcezza entra con potenza

Racconto di un mistero

Di un'atavica era

Dove le gocce di pioggia

Scioglievano il dolore della terra

Fuoco sacro misto a spiritualità

Giochi di luce,

Di un sole che riscalda l'anima

Con un sentimento

Che è la dimensione dell'amore

Sono giochi di luce,

Di un cuore innamorato

In cui ogni cosa trova un senso diverso

Dove la serenità

Si presenta con la tua presenza

Sono giochi di luce,

Fatti di attimi

E incredibili sensazioni

Sono giochi di luce,

Che in te vivono per rendere

Questo mio modo di essere sempre più

Colorato…

Un nome

Un nome celtico il tuo,

che racchiude,

la forza degli alberi e della foresta intera,

Un nome celtico il tuo,

che racchiude,

l'energia dei fiumi e la purezza del vento,

quattro elementi,

che si confondono nel tuo essere,

portandoti in alto,

sopra lo spazio e il tempo ancestrale,

Un nome celtico il tuo,

che racchiude,

i colori dei fiori e ogni cosa bella delle stagioni,

Un' anima celtica la tua,

che con la forza del sole accompagna il tuo cuore,

Nome celtico il tuo,

che racchiude le arpe e i flauti,

Sonorità mistiche come quello che sento e

Come sia la potenza di madre terra

E di tutte le sue creature più vere

Un amore

Un amore che illumina,

un amore che travolge ogni cosa,

un sentimento che non lascia spazio,

a nessun'altra emozione,

Un amore

Che porta l'anima a volare,

tra mille sensazioni diverse,

Dove i tuoi ricordi vivono impressi,

Un amore che illumina,

un amore che travolge,

come un'onda dell'oceano,

e la forza di un re,

che spezza ogni catena,

ogni cancello che io ho costruito dentro,

È un amore che illumina,

un'impetuosa evoluzione,

che trasporta la tua magia,

dentro il mio più profondo essere…

Un viaggio

Un viaggio dentro l'anima,

In questo istante che sa d'infinito,

Un viaggio del cuore,

Che tra passato e ricordi,

Sanno d'amore e sentimento,

Un viaggio tra musica,

E voci di fate che sussurrano un nome

Estasi del cielo interiore,

In questo frangente solitario,

Un viaggio dentro l'anima

Che assaporo in questo attimo,

Tra una dimensione e un'altra,

Dove te sei il fulcro,

È solo un viaggio interiore,

Tra stelle e questa luna d'argento

Che accompagna il mio essere dove il tuo sguardo regna,

Un viaggio del cuore,

Con amore e dolcezza che non conosce confini,

È solo un viaggio interiore,

Dove te sei l'amore assoluto in questa mia piccola esistenza...

Cos'è

Cos'è che fa battere il cuore,

cos'è questo rumore che sento,

Una brezza leggera,

che evoca memorie di un amore che non finisce,

Cos'è questa emozione,

che si protrae nel tempo,

Un sole che scalda l'anima

Armonie antiche,

cornamuse e viole celtiche,

arpe che evocano un nome e una storia,

cos'è che non si può spiegare,

Un magico attimo,

dove l'infinito si perde in uno sguardo,

Cos'è questa emozione che provo, onda di oceano in tempesta,

Cos'è questo sentimento che evolve e cresce,

con tutto quello che ho passato,

Cos'è quest'amore che fa battere il cuore,

per questa vana speranza di vederti ancora

Sono

Sono dolci emozioni,

sono musiche che mi portano lontano,

cavalli al galoppo,

che imprimono forza e volontà,

ad un cuore innamorato,

sono dolci istanti,

che con la primavera si trasformano,

in aspettativa,

vedere e osservare,

Un'anima che urla il tuo nome,

nel silenzio delle stelle notturne,

sono dolci emozioni,

antiche e vere

sono dolci emozioni

che viaggiano nell'assoluto di un cuore innamorato.

Nodi celtici

Nodi celtici,

che accumulano le forze della natura,

I quattro elementi,

La spiritualità,

Sono nodi celtici,

che vivono una loro storia,

e viaggiano nel tempo,

Mai dimenticati,

con un potere tutto loro,

Sono nodi celtici,

che sanno di acqua terra fuoco e aria,

respirano nelle anime ataviche,

di un passato remoto,

dove ogni cosa era rispettata,

in cui l'uomo aveva cura della natura,

e un rapporto profondo con essa,

Nodi celtici,

che vivono nella tua anima,

unica e splendente,

Una luce ti accompagna e quando la primavera entra,

con forza porti saggezza,

e conoscenza,

Un cavaliere da nobili arti,

sincerità e carisma il tuo essere,

Nodi celtici che fanno di te il custode dell'arcobaleno

Della vita…

L'ispirazione

L'ispirazione nasce dal nulla,

un qualcosa che si crea dentro,

e mi porta ad esprimere,

L'ispirazione nasce da dentro,

tra le sonorità celtiche e un viaggio che mi porta lontano,

Nuove dimensioni colorate da te,

da una immagine rubata,

in cui sogni e aspirazioni si uniscono,

L'ispirazione nasce dal vento,

da fate che raccontano cosa sei,

in un contesto magico,

L'ispirazione nasce dalla terra,

che si muove sotto i tuoi passi,

dove i fiori nascono,

L'ispirazione nasce dal cuore,

che portata dal fiume dell'amore,

mi fa scrivere ciò che provo

L'ispirazione sei te,

e da quello che rappresenti

in questo piccolo ma grande territorio della vita…

Persone

Le persone si spaventano,

non colgono il valore intrinseco

di un cuore che batte per la vita,

Persone che hanno perso,

la loro unicità e con la massa si uniscono,

E per il Dio denaro si scordano chi sono,

Una avarizia dell'anima,

Persone che non sanno più a cosa credere,

dimenticato il loro essere,

tra mille notizie e mille sconvolgimenti,

Sono persone,

che spinte da un egoismo perverso,

rischiano di cadere in un tranello d'odio,

In questa strana era,

ci sono persone che come te,

racchiudono le antiche gesta celtiche,

dove il rispetto del prossimo conserva un valore,

Un libero pensiero da te tanto amato,

che parla di sensibilità e valori ormai oscurati,

Persone che come te,

ancora credono nell'amore,

e per questo lottano ogni giorno per una vita migliore

Dedico questo libro a mia figlia Arwen e Mauro,

Alla mia famiglia e a tutte le persone che mi conoscono

Un saluto al Mass Bianchet, un rosé così buono non esiste al mondo e a Ivana. Un'amica sincera…

Finito di stampare maggio 2022

Prezzo di copertina euro 9,00